야, 걱정하지 마

글·그림 샴마

우리가 뭐 우주를 만들 것도 아니고

샴마의
노답북

팩토리나인

내일 미화될 오늘을 바란다

"왜 그런 생각을 해?"

걱정도 많고 잡생각도 많은 나는 이 말을 정말 많이 들으며 자랐다. 혼자 있을 때면 늘 깊은 생각에 잠겼는데, 그런 생각들을 말할 곳이 딱히 없었다. 생각이 많고 진지한 모습은 친구들이 안 좋아할 것 같았다.

나에게 질문하고 스스로 대답할 때 떠오르는 생각들을, 훗날의 내가 꼭 기억하면 좋을 것 같았다. 그 언젠가의 나를 위해 나는 그림으로, 기록하기를 시작했다. 쌓여가는 그림과 일기들을 틈틈이 다시 읽으며, 스스로를 위로하고 다독였다.

'나 같은 사람은 없을까? 이런 생각은 정말 나만 하는 걸까?'

친구들 모르게 SNS에 '샴마'라는 아이디로 새 계정을 만들었다. 그리고 일기장 속 그림과 글들을 올리기 시작했다. 샴마라는 아이디 뒤에 숨어서, 나는 샴마가 되었다. 그리고 샴마가 하는 이야기들은 진짜 나의 이야기들이었다.

나와 같은 생각을 하는 사람들에게 위로가 되었으면 좋겠다고 생각했다. 내 생각보다 훨씬 많은 사람들이 공감해주었다. 공감의 말을 들을 때마다, 기쁘고 가슴이 벅찼다. 때로는 편안해지기도 했고 안도하기도 했다. 다른 사람을 위로하려던 것이 오히려, 내가 위로를 받고 있었다.

"다들 조금씩, 아니 많이, 나처럼 생각하고 있었구나. 내가 이상한 게 아니었구나."

뒤늦게 내 계정을 알고 그림을 보게 된 주변 친구들은 샴마와 내가 동일 인물이라는 것을 신기해했다. 샴마는 나와 다르기 때문이다. 아니, 친구들이 아는 나와 샴마는 다르기 때문이다. 하지만 친구들 중 어떤 누구도 진지하고 생각 많은 샴마를 싫어하지 않았다. 생각이 많고 진지하고 걱정도 많은 샴마를, 아니 나를 있는 그대로 좋아해주었다. 오히려 재미있어 하고 응원해주었다.

샴마를 통해 그리고 쓰고 말할 수 있어서 행복하다. 그리고 무형의 이 큰 기쁨을 유형의 존재로 만들게 되었다. 그동안의 샴마가 한 권의 책이 된 것이다!

늘 밝은 모습이 아니라도, 복잡하고 때로는 부정적이기만 한 모습이라도, 그런 모습의 샴마를, 아니 그런 모습의 나를, 나는 사랑한다. 그 모습 그대로의 나를, 이제는 인정하고 좋아할 수 있다. 어쩌면 이 책은 여기까지 성장해온 나의 과정 그 자체일지도 모른다.

샴마

차례

-1-

다행이야,
오늘은 아무 일도 없어서

맨날 먹으면서 이 소리.

OLIVE ◐ *YOUNG*
올리브영 할인 오지네

빨린 기 채우러 갑시다.
올영으로.

다른 사람들은 오늘 뭔가 행복한 일이 있었던 것 같은데.
나만 아무일도 없이 또 하루가 갔다.
아니야, 나처럼 보낸 사람들도 많겠지.
오늘 즐겁게, 꽉차게 보낸 사람들도 또 어느날은
'나의 오늘' 같이 보냈겠지.

인간은 진정한 행복을위해
도구를 사용하지 말아야 할때가 있다.

익숙해지는 것은
슬프지만
좋은 일이기도 한 것 같아요
줄어든 연락과
그 사람의 부재마저도,
그것이 익숙해졌을 때
깨트려지면
왠지 불안해지니까요.

답 하나를 두고 그 주위를 돌고 돌아 도착한 곳은,
우리와 관련 없는 곳이었다.

그래서 우리는 서로 40을 주다가
가끔 50을 주기로 했다.

1. 배가 부른건
2. 너를 좋아한다고 확신하게된 건
3. 너가 커여워 보였던 건
4. '넌 싸가지 없는 애구나' 알게 된 순간은
5. 내가 예쁜 것 같다고 생각한 때는
6. 살을 빼야겠다고 다짐하고 지킨 시간은
7. 치킨을 시켜야겠다고 마음 먹게 된 때는

예, 맞아요
바로
그
한순간
이었죠.

아무도 저렇게 안해가 아니라
아무나 저렇게 못해

어, 너   시험이라며

시험기간의 흔한 풍경 1

시험기간의 흔한 풍경 2

9월과 11월 사이

페이스북 장학생 ㅇㅈ

엄마의 명언

얘들아,
못생겼다라는 말에 익숙한 사람이 어디 있겠냐.
그럼에도
외모로 자신감 가지고 사는 방법은
하나밖에 없더라.
이 세상 모두가 아름답다고
생각하는 것. 깔깔.

그래 날 싸가지 없는 애라고 여겨도 좋으니
그렇게 계속 내 눈치를 봐가며 예의를 지켜주렴

화장실에 있을 땐 쉬도록 하자.

하루 종일 변기에 앉아 있었다.

꼭 머리 감을 때 말 걸어가지고
대답 안 한다고 성질 내더라?
물소리 때문에 안 들린다니까?

딱 1시간만 하고 잘 거야.

그리고 4시가 되었다.

"잠을 주세요"
그렇게 울면서 말했다.
잠도 그걸 잊게 해주진 못할 거야.
그래도 잠시 동안은 찡그리지 않게 해주겠지.
머리도 마음도
쉬는 시간만큼은
눈물도 흐르지 않겠지.
그래서 다시 기도했다.
깊은 잠을 허락해주세요.

#너랑 #카톡

3교시 풍경

할머니는 시간이 뛰어간다
하셨다.

이제 좀
알것 같다.

기어가던 시간이 뛰어간다. 요즘,

-2-

너와 나,
이렇게 설레고 벅차는

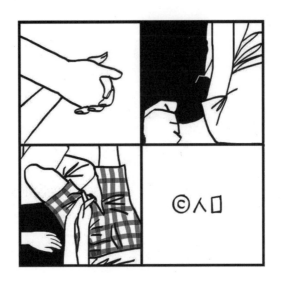

그림 같은 집이 뭐 별거 있겠어?

노스트라다무스급 예언

으 화사게
웰케 잘생겼니.

한번의 궁금함은 계속 깊어지고,
생각은 생각을 낳고,
걱정은 걱정을 모은다.
나를 낭떨어지에서 밀으려 한다.
떨어질 것 같은 두려움이
더 두려움을 부른다.
그렇게 아슬아슬
떨어지려는 찰나,
단순함이 내 손을 잡아준다.

짜다는 얘기야?

어디 한번 실컷 어리석어볼게요.

네, 정답입니다. 다음 문제.

그땐 우리가 안 친하려나…?

너 깰까봐 나 왼손으로 공부했잖아.

왜 대답을 못하니, 답은 정해져 있는데….

공감 능력 0점인 너의 좋은 점 1

그리고 애들도 꼭 나 닮았으면 좋겠다. 끄지?

나는 내가 웃겨서 사람들이 날 좋아해
준다는 생각에 안웃기면 떠날까 두려워.

너 진짜 하나도 안 웃긴데,
너랑 있으면 행복해.

추억하지 않으면, 너와 점점 멀어지겠지.
계속해서 기억을 곱씹는 나는
너를 여전히 사랑하겠지.
그때의 우리를 떠올리며, 너를 반기겠지.
그때와 같다고 착각하면서.
사실 우린 이미 멀리
멀리 걸어와버렸는데,
"그때 하늘도 오늘처럼 맑았어." 라며
마주하기 힘든 오늘의 우리 관계도
그때와 같다고 나를 위로 해야해,
우리는 변하지 않았다고.

꼭, 저렇게 말은 잘해요.

그런 의미에서 내가 큰 거 먹을게.

그는 대답하지 않았다.
그녀의 기억력으로는, 까먹을 게 분명했기 때문에.

울면서도 꼭 쥐고 있었다.
놔버리는 것보다 차라리 우는 게 나을 것 같아서….

왜 우리는 벌써 만났을까
결혼 할 나이는 아직도
멀었는데, 너무 빨리
만나서 너무 슬퍼...
에 아닌가 더 좋은건가
왕창 많이 만날 수
있으니깐. 엥 생각안할래

하나하나 따지면
내 잘못도 있겠지.
아니, 근데 내가 그거 몰라서
너한테 말한 거 아니잖아
다른 사람들 다 나한테 잘못했다고 해도
너는 그 다른 사람들 중 한 명이 아니니까.
네 한 마디가 배엔 너무 큰 의미니까.

누가 감히 나를

설레게 해

그리고 우리 사진을 봤다, 내 옆에서 웃는 너와
네 옆에서 웃는 내가 이뻤다, 이 행복을 놓치고 싶지않다.
사랑해 라는 말이 이렇게 설레고 벅차는 말인줄 몰랐다.

눈감고 너의 손을 꽉잡은 그대를
그날 나는 너의 손을 잡고 한동안 말을 안했지,
아무말 없이 그 시간에 집중했어,
기억에 남겨두려고, 나는 기억력이 좋지않은 애니깐

매일 연락하지 않아도,
난 너가 좋아.
서로 다른 곳에 있어도,
같은 곳을 향해 가는 너가 좋아,
넘어질 때면 기도를 부탁하는 너가 좋아,
여러번, 흔히 듣은 말여도 괜찮아
이 말이 너에게 힘이 되었으면 좋겠어.
사랑해

우리는 왜이렇게 귀여울까? 다른
사람들도 우릴 보며 귀여운 한쌍이라고 할까?
난 밤마다 비트윈 복습을 하는데 그때 마다
우린 절대 안헤어질 소설의 주인공들 같아,
너는 이 마음 모르지? 그래, 그냥 둘중
비트윈 복습을 하는 사람이 더 빠질 수밖에
그리고 내가 을이 되는거지. 왜 페북테그
했는데 댓글 안달아? 진짜 짜증나,

우리 이쁜사랑

18(목)까지 하다가

다음날 결혼해서 19(금)에도

사랑하자

아아
어디 안 들어가고
편의점에서 먹고 싶은 것 하나씩 골라
여기서 이렇게 앉아서 먹는 게 너무 행복해
근데 아무말도 안하고 가만히 있어도 되는게 행복해
너랑은 다 행복한게 행복해.

- 3 -

아,
저 아직 성장 중이에요

— 난 그게 좀 싫은거야
어차피 언젠간 사라질 것들인데
그걸로 내 자존감을 올려 놓고
안정감을 얻는 행위들.
— 사라지지 않는것으로 부터라면,
어떤것으로 자존감을 믿어야해?
— 일단 내 존재 자체 스스로?
또 뭐, 절대적이고 영원한 것들?

눈치보는 게 착한건 아니잖아.
할 말 하는 게 싸가지 없는 건 아니잖아.
상대방 입장을 이해해주는 게 지는건 아니잖아.
내가 한 잘못을 인정하는게
내 잘못을 더 크게만드는건 아니잖아.

부러워하지 말고 너의 가치를 봐.

정말 이 일이 나만 억울한 일일까?
나도 모르게 한 행동이 누군가에게 상처가 되지는 않았을까?
그렇게 스스로를 바라보려는 노력들이
나를 좀 더 괜찮은 사람이 되게 한다고 믿는다.

아냐, 걱정하지마. 나 원래 혼자였고
또 그게 편했잖아. 그때도 사랑받는거에
익숙해지지 않기로 수백번을 다짐했잖아.
절대 누구에게도 기대하지 않기로 했잖아.
보내주자 내 욕심.....

나도 근데
욕심부려보고싶어,
왜 맨날 나만...

내가 사람들 한테
사랑을 구걸하지 않도록
사랑을 듬뿍 주시면 안될까요?

<제목>
세상과 타협하지
않고 중심 잘 붙잡아
바로 서있기 ──.

이 정도는 걸치고 있어도 되지 않을까?
선을 조금 넘어도 되지 않을까?
적당히 서 있고 싶은 마음이 합리화를 하기 시작했다.
적당히 타협하면 편해질 줄 알았는데,
불안해졌다.

나를 제발 흔들지 말아주세요.
꽁꽁 숨겨둔 것들이 다시 위로 둥둥 올라올것 같으니
제발 이대로 나를
가만히, 둬라.

난 엄청 여러 색의 사람인데
한 가지 색만 알아볼 거 같아서….
차라리 그럴 바엔
'나를 몰라라' 싶은 마음이랄까.

결과 말고 과정,
꽉꽉 채워진 발자국이 증명하잖아.
결과에 실망하지 마.
사실은 발을 꾹꾹 누르며 왔던 그 시간들 자체가
너의 귀한 경험이 되었잖아.

빛이
없을땐
몰랐다.

나의
모습을

아무리 울어도
절대 바뀌지않는다.
사람 마음바꾸는게
내 마음대로 안된 다.

무의식으로도 계속되는 비교.
자존감이 바닥을 치고
다시 끌어올 방법을 찾는다.
뭐 하나 잘난 것이 없어서 찾아도 방법이 없었다.
그래서 그냥 인정하기로 했다.
난 이미, 이대로.
응, 잘난것 없는 모습 그대로 멋있어.

Hey hey, you are already awesome!
그러니
do not 비교

내가 그렇게 보기 싫어하던
내 모습이야.

마주하기 싫어서 눈 감고
피하고 피했는데
절대 안 사라지네

하긴
피한다고 사라지는게 아니지

용기내
아예 뿌리채 뽑겠다.
깔깔

절대 나오지 마시오
스트레스 주는 것들아,

내 사람은 다를거라
생각했다.

다른게 아니라
틀린거였다.

내 생각이
틀린거였다

like as (마치~처럼)
밀물에 대비하여 모래성을 아무리
쌓을지라도 한번 물이 오면 무너지는

연락 와도 안 받기로 했는데,
1시간 뒤에 답장하기로 했는데,
받기지 않기로 했는데,
'미안해'라고해도 받아주지 않기로 했는데...

어떠한 것은 갑자기 찾아오지 않는다.
개구리가 뜨거워 지는 물에서 서서히 죽듯,
적당한 타협이라는 통로를 지날때 그것은 내 손을
잡고 익숙한 향기를 풍기며 내 옆에 서있어.
너에게 있어서 그것은 무엇이야?

− 4 −

너가 내 기분을
어떻게 그렇게 잘 아세요?

민감보스 처럼 왜 그런 걸로 기분이 나쁘냐고 묻는 너에게,
나라면 웃으면서 넘어 갈텐데, 왜 그렇게 반응하냐고 지적하는 너에게,
너 자신은 세상 단순하고 간단하게 사는 사람이고
나는 무슨 세상 예민하고 오바스러운 사람인 것처럼
만들어버리는 너에게.

나 잘 살고 있으니까 서로 인생평가는 하지말자. 내가너보다못살고 있어서 그러는게아니라 꽉막힌 너만의기준에 맞추어나를보며쯧쯧하고 있을 너를 상상하니 기분이 좋지않아서 그래.

깊어진 관계 때문에
서로 상처주는 말을 하고,
더 바라고 더 실망하고,
다시는 깊어지지 말아야지
다짐을 한다.
얕은 이 상태로 관계를
오래오래 유지해야지
하다가도
예전같지 않은 니 모습에
상처를 받는다.
멀어지기엔 너가 너무 좋고,
가까워 지기엔
상처가 너무 많다.

짜증 번역기 같은 거 있으면
돌려보고 싶다.

로맨스 드라마를 보면 '윽' 소리가 절로 난다.
부러워서 졌기 때문이다.

내가 그 사람 입장에서 생각해봤거든
근데 좀 이해되는 것 같아.
두려워서 피하는 거잖아.

한 마디로 찌질이 라는거지,
지 잘못이 있는데 인정하기 싫으니까
지 할말도 못하고

저기요,
누군가를 좋아하는 건 설레는 일이지요.
but, 누군가와의 새로운 만남은
참으로 귀찮은 일이지 않소?

-5-

너 같은 사람은
너밖에 없어서

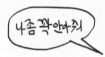 

할 거 다 해놓고 그게 썸이었냐.

괜히 또 기대하고, 상처받으려고….

나는 내쫓을 수 없으니 네가 네 발로 나가주라.

"보고 싶어."
보고 싶으면, 우리 내일 만나서
맛있는 거 먹고 얘기하는 건 어때?
나를 아끼면, 우리 그러기 전에
전화를 하는 건 어때?

넌 내게 소중한 사람이아라는 말도
좋지만 날 더 만나주길, 내 옆에 더 있어주길
말하지 않아도 이미 당연한 사이였으면

너 들으라고 하는 소리

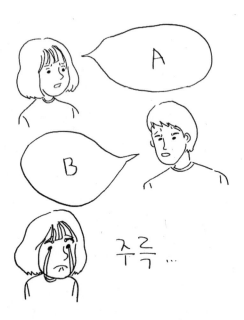

내가 아무리 사랑을 달라고
애원해도 주지 않는구나.

내가 아무리 사랑을 주어도
내 마음을 몰라 주는구나,

그래 나도 알아,
우리 엄마도 일찍 나가라고 하시더라.
전날 밤에 일찍 잠 들라고 하시더라.
너 말이 맞아,
근데 우리가 지금 맞는 말 대잔치 중이니?
답만 쏙쏙 내뱉는 너에게
나는 무슨 얘기를 해야 하니?
우리의 대화는 어떤 주제로 이어져야 하니?

녹아버린 네 모습에 실망하는, 내가 변한 걸까?

혼자일 때보다 더 외로운 기분

날 사랑하기 때문에 너의 태도가 그런줄 알았는데
날 사랑하지 않기 때문에 너의 태도가 그렇다는 것을
나는 알아버렸어.

큰 눈,
작은 코,
큰 입,
그 눈빛.
나를 향하던 그 사랑스러웠던 것들이
다른 곳을 향하니 다 허접해 보였다.

사라진 1,
그리고 사라진 용기

-왜 그때 그랬니?
-

안다고 달라질 건 없지만

쿵쾅쿵쾅

내 마음이 엄청 쿵쾅거린다.

그리고 갑자기 코가 찡해진다.

너무 그리운데 돌아가고 싶지 않은

그런 이상한 기분이다. 이 감정을

뭐라 표현해야 할까 하다가, 너무 사랑해

라고 하니까 눈물이 그제서야 나왔다.

잘지내니 너의 소식은 인스타로
몰래본다. 괜히 뻔뻔하게 좋아요
누를까 하다가도 행여나 너가
착각할까 그냥 넘어간다. 나는
너없이 행복하고 잘살고 있는데
너가 대책없이 막무가내로 내게준
사랑이 진짜 사랑이었는지 너의
연애법이었는지 궁금하다.
내가 이제와서 상처를 받더라도
그게 무엇이었는지 참 듣고싶다.

너가 없어도 살수있는 내가 되고싶다.
너없이 완벽하게 행복한 인생 살고있는 내가 되고싶다.
너에게 하는 감정소비를 더이상 하지 않았으면 좋겠다.
오늘 우는게 마지막이었으면 좋겠다.
오늘 우는걸로 내 마음에서 너가 사라졌으면 좋겠다.

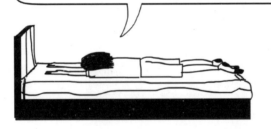

길을 걸어가는데
눈감고 맡았던
너의 냄새가났다.

그래서 그냥
스벅에 가서
악마의음료를 먹기로
다짐했다.

꽉 쥐고있을땐 이게없으면 내가 불행해지고
못살줄 알았는데 막상 놓아보니까 오히려 자유한
기분이 들었다. 있어서 행복했지만 없다고
불행한것도 아니었다. 너란 존재도 그랬으면 좋겠다.

나도 너 안 사랑했는데
나도 안 좋아했었는데, 라며 나를
위로하니 그나마 쪼르르 흐르던 눈물이
왈르르콸콸 쏟아져 나온다. 그래
난 너를 너무 사랑했다.

나는 너랑 있으면서
받는 스트레스때문에
우리가 조금 멀어지면 나아질까
생각했었거든, 근데
이제와서 내욕심이 그때 받은
스트레스에 대한 기억을
지워서, 우리 행복했었던때
있잖아, 그때가 너무 생각난다
그냥 우리 둘만 있어도 행복해서
환장했던 그때가 너무 그리워
그래서 용기 내서 보내봤어,
넌 아닐지도 몰라, 그래도.

나 정말 이제
아프지 않아,

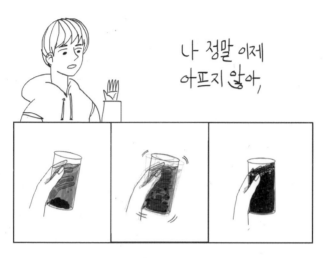

아주 살짝 흔들었을 뿐인데도 진흙탕이 되었는걸?

그런 사람들이 있는 게 아니라, 다 그런거 아니냐.
분명 걔랑 사귀고 있는데,
너무 나 혼자 살고 있는 기분인 거야.
헤어지더라도 지금과 똑같은 마음으로
이대로 살고 있을 것 같은 거야.
그래서 헤어졌지.
차라리 혼자인 게 덜 혼자인 기분일 것 같아서.

너를 위해 살아, 뭐 그리
착한척을 하고싶다고 남들을
그렇게 신경써 결국 혼자인
인생. 너를 즐거움일하고
너 행복한일, 너가 하고싶일
해라, 배려의 선만 잘 지키고,

알아, 근데
왜 자꾸 상처받는건
나일까, 걔는 그렇게
잘 살고 있을텐데,

내가 가는길이 다 왜 하필 너랑 손잡고 간길이니
이어폰 끼고 걸으니까 비지엠 버프에 드라마 찍게된다.
눈물 흘리면서,

– 6 –

시간이 기억을 해결해줄 거야

세상에서 가장 안심이 되는 말

보상심리 아니고, 진짜로.

아파도 자리 지키기.
곧 다음 단계가 시작될 거니까.

너가 아끼는 것을 준다 해도
그 사람은 그것을 아끼지 않을 수도 있어.

감사할것이 참 많았었네, 이제 보니

당연하게 여겼던 것들이 많았다.
내가 노력해서 얻어낸 것처럼.
내 손에 있으니 당연히 내 것이라며,
감사함 없이 쥐고 있으니,
이내 얼음이 녹아 물이 되듯,
스멀스멀 사라져갔다.

내 자신에게 실망하더라도 울지 말고.
다시 결심하고 다짐하는 시간으로 사용하기.
모두가 다 가는 길 눈치 보며 쫓아가지 않기.
느리게 가더라도 세월을 아끼며 가기.
제대로 된 방향으로 걸어가기.
나아가기 전에, 지금 서 있는 내 위치를 정확하게 알기.

너무 완벽해지려 하지마
자책하지 말고

저는 그데 완벽해 지려 하는게 아니라
진짜 아무것도 못해요.

여기 왔잖아, 온것도 한거지.
할 수있는것 하나하나 하면 되지.

그러네요...

그래 우리가 뭐 우주를
만들어야 하는것도 아니고...

알지, 직접겪은 일이
아니니 당연히 나만큼
슬퍼해줄수 없다는것,
근데 궁금해 지네 내가 힘들다
아프다 할때 누가 내 옆에 남아
오늘은 좀 어때? 라고 해줄지.

아파도 너 옆에 있을게
그러니 맘편히 우울해 해라.

난 왜 이렇게 어디에 끼는게 힘이들까?
사람들을 만나기전에 나 스스로 다짐을
한다. 당당하게, 밝게, 머리쓰지말고
눈치도 보지 말고 더 자신있게 다녀오자. 분위기가 처지지
않게 더 해야할말, 더 웃긴 얘기를 재빠르게 생각하자.

그냥 너맘대로 있어, 칼자루를
너가 쥐고 있어야지, 너가 쓰고
싶을때 써야 마음이 편하지, 다른
사람한테 줘어주면 넌 항상
긴장상태잖아, 너에 대한
평가를 남의 시선에 맞추지말고
너대로 살아. 그래주면 안될까?

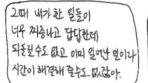

뭔가 불만한
마음에 바쁜지도
않으면서 자꾸
뭔가를 하려했다.
불안을 느낄틈도없게.

르데 불안한 나에게
오히려 필요한 것은 혼자있는
조용한 시간이었다.

평생을 지고 갈 무거운 문제,
잘 나가다가 또 다시 넘어뜨리는 관계의 문제,
또 다시 나를 침대 위에 누워
천장만 바라보게 하는 문제들.
차라리 어디에도 속하지 않는 건 어떨까?
바라보는 천장에는 답이 없었고,
베고 있던 베개는 눈물로 젖었다.

살면서 사람관계가 제일 힘들다면서
왜 그런데 대신해줄 기계는
안나오나. 과학 많이 발전했다면서

나는 기억이 잘 안 나서 그냥 제일 행복했던 어느 때로
돌아가고 싶다고 답했는데,
지금 저 때를 생각해보니까
저걸 봤었을 때로 돌아가고 싶어.
너무 행복했던것 같아.

그냥, 괜찮아. 괜찮아. 나를 위로하며
순간만 넘기던 날들이 쌓여,
결국 온다. 두려움, 공허함. 나를 덮어
날 깨끗하게 할 수 있는 것은 아무것도 없겠지?
그때 넌 내 옆에서 내게 말해줘
괜찮아 잘해왔어, 라는 말 말고 진짜 내가
잡아야 할 것을 잡으라고, 잊지 말라고.

듣기 좋은 말 말고
꼭 들어야 할 말을 해줘,
너만큼은

물고기들도 우리 보면서 그러겠지.
"저 인간들 저런 데서 어떻게 살지?"

개도 두려워서 그런거야. 자기도 얼마나 수치스럽겠어. 그러니 자기 방어를 한거지 화를 내는 사람들을 잘 보면 모두 자신의 창피한 모습을 들킬까봐 겁이나서 그런거야. 그냥 내가 그랬어야 인정하나 하면되는건데, 그거 하나를 못해서.

응, 근데 내가 왜 개 사정까지 이해를 해야 하는 거야?

'그냥 알아서 남을 사람만 남아라'가
아니라 노력해야 하는게
관계더라.

그러면서 나무는 무럭무럭 성장하지.
우리도 그럽시다.
내년엔 따스할까?
어느 날 내가 추워서 꽁꽁 싸멘 옷들을
훌훌 벗는 날이 올까?

가식적으로 계속 웃기만 하는 가면 말고,
말 끝마다 불평 달고 사는 가면말고,
웃고 싶을 때 호탕하게 웃고,
찡그리고 싶을 때 숨기지 않고 찡그리는 가면.
함께하는 그 분위기에 자연스럽게 스며들어
힘들지 않고 살아갈 수 있는 가면.

어느날
우리 엄마가 슬픈 표정으로
그런 말을 했다.

슬픈예감은
틀리지 않더라

할머니는 엄마랑 항상 싸우면서,
할머니는 엄마 옷을 꿰매고 계셨다.
엄마 생각을 하면서.
맨날 나보고 엄마가 짜증난다고 하면서,
결국엔 엄마를 위해 뭔가를 하고 계셨다.
"할머니 엄마가 좋아?"라고 물어봤을 때 정말 당연 하게 답하셨다.
"그럼 내 새끼인디."
할머니의 대답안에서는 나보다 엄청 어른인 엄마도
할머니 한테는 아직도 '애기'인 것 같다는 생각이 들었다.

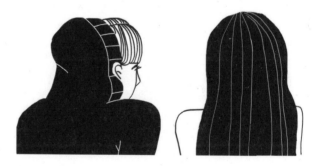

난 너없이는 못살 것같아.

아니야, 잘 살수있을거야. 조금은 힘들겠지.
시간이 지나면 잊게되고 새로운 사람을 만나
사랑을 하다보면 나와 있었을때 처럼 행복하게 웃고
있을거야. 모든 연애는 다 똑같이 즐겁고 행복
하거든. 잘 살 수있어.

아, 그러냐, 나는
그냥 니가좋은데/

넌 너무 잔인한 친구인데,
근데 그게 고맙다.
너가 진짜 사라지는 그날
너 덕분에 건강하게 잘 서 있을 수 있겠지.
언젠가 넌 내 옆을 떠날 거라고
내 무의식에 두려움을 주었고
그래서 난 매일 이별을 연습했잖아.
너의 말이 맞아.
객관적으로 바라보는 네 모습이
냉정하기 보다
건강하다고 생각해보려고.

- 8 -

사라질 것들에
집착하기

화장실 가가전엔 보내주면 다할것 처럼
간절하더니만 막상 다녀오니깐 변하는
모습이 악하고 싸가지 없구나!

셀카 모드였다.

그래서 이런 날 보며 또 누군가는 짜증이 나겠지.

— 무슨 일 있어? 왜 그래?
— 아니야, 아무일도 없어, 걱정하지 마.

사라질 것들에 집착하기

— 심지어 나 스스로에게도 연기를 하는 것 같아.
　난 밝은 애야, 난 착한 애야, 난 단순한 애야.

— 근데 너 연기하는 거 티 너무 많이 나.
　너는 어둡고, 착하지 않고, 복잡해도 그 모습 그대로 좋아.

-지금 가장 두려운게 뭐야?
- 혼자가 될 것 같아.
-그게 왜 두려워 원래 혼자였잖아.
그때가 더 행복했잖아. 두려울게
없어서.

그렇지, 내가 보고싶어 하고 그리워하는
사람은 예전에 좋았던 기억 들로 내가만든
그 사람인거지 지금 걔가
아니라, 절대 만날수
없겠지? 엉엉 울어도
변하는건 없을테지,

Q. 내가 정말 하기싫은 일을 하는것이 순종인데,
내가 지금 할수있는 최소한의 순종은
무엇인가?

A. _____

동굴인줄
알았는데

계속
가다보니

터널이었다.

안멈추길 잘했다.

듣기 싫은 말도 들을 줄 알아야지.
맞죠.
쓴 약도 먹을 줄 알아야지.
그쵸.

제대로 처방된 약이라면요.

어느날 내가 진짜 혼자구나를 알아차렸을때,
더 더 밀어냈다. 그래 나 혼자다, 나한테 아무도 없다,
당당해 보이고 싶어서 옆에 있어달라고 빌빌대기싫어서.
날 불쌍하게 보지 마라. 자유를 즐기는척 여유롭게
혼자있을테니, 와주라, 기대감없이, 관계를 유지하기 위한
가식도 버리고 내옆에 있자.

시간은 너무 공평한 것 같다.
너무 공평하게 모두에게
똑같이 흘러가서 싫다.
왜냐하면 [   ].

더 배워야 할 게 무엇이고,
알아야 할 게 무엇인지 모르겠지만
계속 간다.
뭐, 반은 왔겠지.

너의
잘못이
아니야

마음으로 받아들여봐.
진짜 너의 잘못이 아니야.
너 때문에 일어난 일이 아니야.

비교로 올려둔 자존감은 비교로 떨어졌고
아픔은 더했다

희망이 있어서 살았고,
견뎠고,
다시 기대하고...
부풀었던 마음이
두둥실 떠오르다가
저 하늘에서
펑!
이제 현실을 보라고
깨어나라고
스스로 터뜨린 마음.

내가 크게 꿈꾸던 것의
현실을 보았을때 마음이 너무 아파
모든지 직면한다는 것이 참 어렵다,

실망이 제일 싫어, 그래서 나를 제일 아래로
아래로
아래로
나 여기 바닥에 있어요,
그러니 기대하지 말아요.

아빠 그러니까 나는, 결혼하면
그냥 평범하게 살고싶다. 친구들이랑
남편 욕하고 들어와서 빨래를 하고
너가 넌으라고 욕하고 대판 싸우고
삐진채로 서로 등돌려서 누워 자다가
등에 드듯한 온기가 느껴져서 '아 당당해
묘으라!!'라며 등짝을 때리고 짜증내면서
다시 잠들고 싶다. 그렇게 같이 살고 싶다.
아빠, 혼자라는것은 너무 외롭고 처연않아.

너는 내게 돌맹이를 던졌는데
난 그것이 바위로 맞은 것처럼 느껴졌고
쎄보이고 싶어서 모래로 맞은듯 반응했다.

싫어. 그래도 이게 내꺼잖아.
그게 아무리 더 많고 좋은거라해도
그냥 내꺼 내가 가질래.

분명 누군가는 날 기다리고 있을거야.
자신과 같은것을 가지고있는 나를.
혼자가 아니라고 말해줄거야.
여기 나도 있다고.
절대 자책하지 말라고

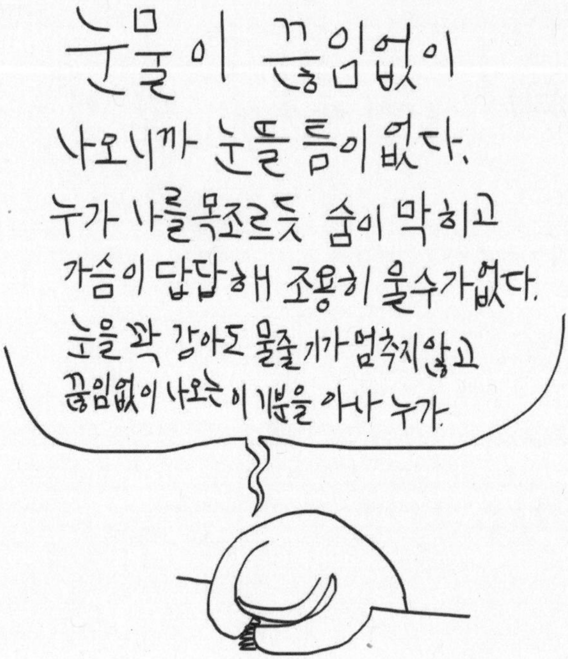
눈물이 끊임없이
나오니까 눈뜰 틈이 없다.
누가 나를 목조르듯 숨이 막히고
가슴이 답답해 조용히 울수가없다.
눈을 꽉 감아도 물줄기가 멈추지않고
끊임없이 나오는 이 기분을 아나 누가.

내일 미화될 오늘을 바란다.

머리는 다시 자라고, 시간은 많다

나는 1년 뒤에 긴머리 ~~아닌~~ 사람이 될 것이다.

3개월도 못 버티고 다시 머리를 잘랐다.
나는 왜 내 머리 하나도 내 마음대로 어쩌지
못하는 걸까.

그래도 너가 지금 느낀 그 기분을 기억해 둬, 너에겐 머리 기르기가 너무 힘들고 절대 너 힘으로는 불가능한 것 처럼 다른 누군가에겐 또 다른 어떤 일이 그 만큼 맘처럼 안되는 일일거야. 그때 그 사람을 평가하지 말고, 지금의 널 생각하며 이해해줘.

그래, 머리는 다시 자라고 시간은 많은데 뭐.

그리고 또 내가 긴 머리 된다고 인생이 바뀔 것도 아니고
문제는 언제나 머리가 아니라 얼굴인 것을!

야, 걱정하지 마
우리가 뭐
우주를
만들 것도 아니고

2017년 9월 1일 초판 1쇄 | 2019년 1월 25일 25쇄 발행

지은이 · 샴마

펴낸이 · 김상현, 최세현

책임편집 · 김형필, 조아라 | 디자인 · 고영선

마케팅 · 김명래, 권금숙, 심규완, 양봉호, 임지윤, 최의범, 조히라, 유미정
경영지원 · 김현우, 강신우 | 해외기획 · 우정민
펴낸곳 · 팩토리나인 | 출판신고 · 2006년 9월 25일 제406-2006-000210호
주소 · 경기도 파주시 회동길 174 파주출판도시
전화 · 031-960-4800 | 팩스 · 031-960-4806 | 이메일 · info@smpk.kr

ⓒ 샴마(저작권자와 맺은 특약에 따라 검인을 생략합니다)
ISBN 978-89-6570-501-7 (03810)

팩토리나인(Factory9)은 독자 여러분의 책에 관한 아이디어와 원고 투고를 설레는 마음으로 기다리고
있습니다. 책으로 엮기를 원하는 아이디어가 있으신 분은 이메일 book@smpk.kr로 간단한 개요와 취지,
연락처 등을 보내주세요. 머뭇거리지 말고 문을 두드리세요. 길이 열립니다.